KB237164

문학과지성 시인선 325

그가 말했다

장영수 시집

문학과지성사

문학과지성사에서 펴낸 장영수의 시집

메이비(1977)
시간은 이미 더 높은 곳에서(1983)
나비 같은, 아니아니, 빛 같은(1987)
한없는 밑바닥에서(2000)

문학과지성 시인선 325
그가 말했다

─────────────────────────────

펴낸날 / 2006년 10월 20일

지은이 / 장영수
펴낸이 / 채호기
펴낸곳 / ㈜문학과지성사
등록번호 / 제10-918호(1993. 12. 16)

서울 마포구 서교동 395-2(121-840)
편집 / 전화 338-7224~5   팩스 323-4180
영업 / 전화 338-7222~3   팩스 338-7221
홈페이지 / www.moonji.com

ⓒ ㈜문학과지성사, 2006. Printed in Seoul, Korea

ISBN 89-320-1732-8

─────────────────────────────

* 이 책의 판권은 지은이와 ㈜문학과지성사에 있습니다.
  양측의 서면 동의 없는 무단 전재 및 복제를 금합니다.

문학과지성 시인선 325

그가 말했다

장영수

2006

시인의 말

그간의 안팎의 빛 또는 빛과 연관된 것들 몇몇의
그 안팎에 대해 말해본다

총체성이 실재할 수 있는 것인지 문득 어떤 문들을
두드려본다

만약 홀로 외줄 타는 광대의 발길 하나하나에도
시를 말할 수 있다면 이 책에 실린 것들은
시라 할 수 있을 것이다

외딴곳에서의 평생의 외줄 타기 모두를 걸고
모두와 대면해야 했던 외줄 타기 자기 얼룩들쯤을
털어낸 연후에만 무연히 이어질 수 있을
평생의 외줄 타기……

2006년 가을
장영수

그가 말했다

차례

시인의 말

바닷가 모래밭의 해당화
—근덕 편

어찌하여 해당화는 까다롭고
짜디짠 모래밭에조차 뿌리를
내리는가 신비스런 그 강인함은
어디서 오는 것인가

서슬 푸른, 날카롭고 완강한 가시,
가시들로 무장된 줄기들을 에워
싸는 잎들, 누군가가 꽤 오랫동안
벼려냈을 것만 같은 잎, 잎들, 사이,
사이, 새빨간, 새빨간 꽃잎들

그, 한 그루 한 그루에 맺히고
서린 푸른 하늘, 푸른 바다,
서늘한 바람, 무더운 바람,
세찬 모래 바람, 매운 모래 바람……

그, 숨 막힐 듯이 깊어만 가는
그 향기……

행락객이 말했다
—시월, 도선사 편

단풍잎 화려한
산자락이나 산 중턱,
곳곳마다 행락객들
지천입니다

생각해보면 누구 또한
세상을 향해 뭔가 황홀한
구경거리를 펼쳐 보이고자
했던 시절도 있었습니다

그렇거나 어쨌거나 어느
단풍나무 아래서 문득
청해보느니 분야 불문 종류
불문 누구라도 뭐라도
한 자락쯤 좀 보여주십시오

님들이여,
살얼음처럼 마지막

어둠 으스러지듯 면전에
당도하기 그 전까지……

누가 어떤 궤멸에 대해 말했다

가을비에 젖은 가랑잎들
힘을 쓸 리가 없다! 제대로
굴러다닐 리가 없다!

비바람 몰아치니 공황 상태의
나뭇잎들은 그저 우수수 져 내린다!

비 맞은 참새라면 어디 피신
이라도 하겠건만!
미역국 수프 등이라면 국물과
더불어 부드러울 수라도 있으련만!
구비된 무엇도 없이!

한여름 대단했다던 오기들마저
통째로 낡거나 녹슬어버린 듯!
방대한 단풍잎 국가들은
단 하룻밤 큰 비바람에 궤멸
되었다! 초토화되었다!

이 무렵 세상엔 흔히 그런 궤멸 사건조차
실감치 못하는 마비 증세까지 생겨났다 하니!
그간에 돈으로 목숨을 부지하고 연명하는
모든 일들이 너무들 힘에 겨웠던 모양이구나!

여하튼 나름대로 단풍잎들로선 그동안
세상을 향해 부끄러움에 대한 공부 하나는
꽤나 단단히 시킨 셈이라 할 것이다!

누가 어떤 생존에 대해 말했다
―십일월 중순의 모습

뚝 떨어진 기온! 험악한
찬바람! 강변의 백로 고행
하듯 잔뜩 웅크린 모습!

폐부 밑바닥까지 와 닿는
살얼음만 같은 찬 공기!
행인의 깊은 몸 떨림!

막 바로 한겨울이 온 듯!
어쩔 줄 모르는 채 연신
떨고 있는 나뭇잎들!

숲 전체가 야전부상병동!
나뭇잎들의 신음 소리
천지에 진동하는 듯!

수척한 몇몇 나뭇잎들 또
다시 새삼 혼절한 채 떨어져

흩날리는 모습! 뒹구는 모습!
쓸려나가는 모습!

다만, 양지바른 벼랑 쪽엔
그래도 아직 생존자들 몇몇
간간이 남아 있었는바!

샛노란 산국화—묵향보다
깊은 향! 연보랏빛 쑥부쟁이—
눈부신 맑디맑은 향!

누군가의 어떤 지령이 떨어졌다

깊은 가을 깊은 산속
누군가의 어떤 지령이
떨어지는 소리

체득적 정서 감각적 형상화
점검 검증 과정을 거쳐온
붉은빛 주황빛 단풍잎 탄환
들을 대량 확보하라 공감
감동 깨달음용 각종 장비들의
순차적 정비 점검을 완료하라

가을이 깊으니 시간이 지체
됐으니 신속히 대오를 정비
하라 밀린 숙제 대하듯 현실
들을 살펴보라 문제들의 핵심을
겨냥하라 표적들을 정조준하고
노리쇠를 풀고 확신의 방아쇠를
침착하게 당겨라 무념무상 계속

당길지어다 내일을 향해 쏴라

체득적 정서 감각적 형상화
한중간을 겨냥하라 삶을
지키고 펼치기 위한 최종
정보를 전우들에게 전달하라
세세한 전황을 즉각 보고하라
신속한 침묵의 전령들을
전방위적으로 파견하라

함장이 말했다

공감 감동 깨달음용
단풍잎 포탄들을 가을
산봉우리 전함의 함포 가득
장착시키며 함장이 말했다

들으라,

누구 것이 됐건 속세 온갖
사심 만행 수작 수법 수단
시시덕거림들이여 이
함포 사격을 받게 되리라

자격지심에 스스로
받아 마땅하다 생각하는
깨어 있는 마음들이여

알아서 스스로 정조준
당하는 자세로 이 함포

사격을 받을 것이로다

지상 해상 천상에 흩날리는
무념무상 흰 꽃 같은 것들
세상을 뒤덮는 어느 날엔
나 함장도 하루쯤 잠정적
휴전을 선언하게 되리라

기장이 말했다

오늘 안타까움의 단풍잎 미사일
탑재하고 출격코자 하는 이유는
입장 차이 욕망 상충 등으로
뭐가 잘 안 풀린다는 저 세상
최신 정보가 입수됐기 때문이다

저 세상 어떤 출구 건설을 엄호
하라는 지령을 받은 때문이다
스스로도 온전치 못한 처지에
출구 건설은 또 뭐냐는 아무개 참모
은밀한 만류 참작은 하겠으나

피해액이 하루 몇 백억이요
며칠 사이 1조가 넘었다는 데야
그냥 맥 놓고 있을 순 없잖은가
'그냥'이 아니면 그럼 뭘 어쩔 테냐
고 또 물어오니 말하겠는데

정제된 걱정 근심의 단풍잎
탄환들 다 소진토록 심정적
기총소사 융단 폭격 형식으로라도
저 세상에 일조해야 하지 않겠는가
그런 게 무슨 일조가 되겠냐고
묵살하니 또 말하겠는데

어떤 좋은 힘도 애초엔 대체로
무한창공을 향한 이륙 출격 형식
의 출발이 있었음을 상기함이
좋으리라 물론 구체적 실무들
이야 우선은 극한 대치 중인
저네들 몫이겠으나

누구네 마음들은 바스락거린다

추운 겨울이면 더욱이 누구네
마음들은 바스락거린다

'신록의 시절에나 가랑잎의
시절에나 마음은 파수꾼 같은
나무들처럼 세상을 지킨다'

'식구들을 지킨다 세상을 지키는
파수꾼처럼 세상을 보듬는 언제나
한결같은 마음 살아서나 죽어서나'

'존재가 남아 있는 동안에나 또는
그 이후 그냥 허공이 되어서나
상관없이 기꺼이 스스로를 바친다'

'세상을 가꾸고 세상을 이어간다'

'세상의 바탕이 되어서 사는 것은

죽어서도 사는 것은 영생이며
기쁨이며 보람이며 깨침이었다'

그가 말했다 1

자정도 한참 넘은 깊은 밤!

빗방울 후둑거리는 강변!

검은 점퍼에 검은
모자 쓴 행인 혼자
어디쯤 걷고 있던 시각!

칠흑 천상에서 눈앞
지척으로 한순간에
폭격하듯 쏟아지던
내리꽂히던 거대한
섬광 혹은 시퍼런
번개 한줄기!

돌이켜 보면 참으로
아찔했던 그 한순간!
만약에 진실로 그 섬광

한가운데 있었더라면
너, 이제 더 이상 이
세상 사람 아니었겠구나!

그러므로 미뤄 보건대
너, 아직 미처 때가
아니었다는 계시쯤으로
이 사실들을 기억하라!

너, 해야 할 일들이 그래도
조금은 남은 것 같다는
뜻쯤으로 여겨두라!

너, 좀더 확실히 정신을
제대로 차려야겠다는
말씀쯤으로 새겨두라!

그가 말했다 2
—두려움 또는 희망 사이를 거닐다

폭우 속에 흙탕물로 돌변하는
강 물결들! 차들이 물에 잠기고
인명 사고가 났어도 그물 들고 나와
잉어나 메기 잡을 욕심에 마음
부푸는 사람들(이 두려웠었다)!

물난리 혹은 도심 곳곳 축하행사장
응원 마당…… 괴로우나 즐거우나 무엇
을 치유할 때나 범죄적 괴물들
뻔뻔스럽게 알몸으로 출몰하는
현실 현장들(이 두려웠었다)!

재난복구사업 예방사업 각종 문화
행사들…… 하나같이 각각의 이해관계
입장들 속에 아슬아슬하게만 진행되는
모습들! 수월하게 희망을 말할 수 없는
무수한 실제 현실들(이 두려웠었다)!

별의별 구실 사연들! 이런저런
입장들! 오묘한 표정들! 우선적
으로 자기 자신 스스로들(이 때때로 너무 두려웠었다)!

아프도록 질리도록 다 보이는 온갖
집착들! 안 보는 척하려 해도 자꾸만
다 들여다보이는 안쓰러운 심정들!
각각의 희망들을 차마 놓지 못하는 모든
그 모습들(이 너무 두려웠었다……)!

그가 말했다 3
—범람하는 탁류 속에서

이 세상은 모든 면면들 별
예외 없이 자신들 이로움
추구에 늘 여념이 없는 곳!

그러므로 누군가가 아름다운
'자유정신' 또는 '깨침'의 이름
으로 추앙받는다는 건 필경
꽤 희귀한 일일 거라 했다!

그래서 십자가에 희생된 이나
열반에 든 이가 왔었나 보다 했다!
'자유정신' 혹은 '깨침'이란 세인이
가까이할 만한 게 아니리라 했다!

평생에 시험당할 각오가 돼
있냐고 했다! 그래도 굳이 누가
그래보고 싶다면 그건 그야말로
각자 알아서 할 일이라 했다!

감당해야 할 일이 많으리라
많이 버거우리라 했다! 도처
에서의 그 운신이 꽤는 뻑뻑
하리라 숨 막히리라 했다!

와중에도 누구 말은 무서웠다!
도대체 아름다운 '자유정신'이나
'깨침' 말고 종당에 인생에 남길
만한 게 뭐가 있겠냐는 거였다!

그 말씀 온당했으므로 한번 감당해
보고자 했던 시절이 누구에게도 있어
왔다! 실천이 비록 어려웠어도! 알맹이
없는 인생은 면해보고자 해왔었다!

그가 말했다 4
—ㅎ , ㄱ 선생을 생각하다

높다란 나뭇가지
무대 단상 삼아
꾀꼬리 황홀하게
지저귀던 날

수려한 그 소리
숲 속 식구들의
넋들을 온전히
다 빼놓던 날

그리고 또 다른
어느 날 숲 속에
수더분한 비비새
깃들었던 날

물기 낀 소리 생기
넘치는 단순 명료한
그 소리는 그저 다만

비, 비, 비,

혹은 아련한 기억
속에 그, 새들의
소리들 한꺼번에도
눈부시게 쏟아지던 날

그 맑은 소리들
은총처럼 투명한
정신적 목욕을
베풀던 그 어느 날

그가 말했다 5

삶이나 글을
찾아 광야로
나가볼 것인가,

추억을 거울삼아
갈수록 오묘한
깨침의 눈빛들을
새겨볼 것인가,

광활한 삶 어디쯤
일말의 깨침, 그,
청량감이 반사시키는
금빛, 은빛, 초록빛,
붉은 빛, 어떤 느낌들,

진정, 숱한 마음들을
순순히 불러낼 깨침을
두고두고 가다듬음으로써

세상을 얼마쯤이라도
향기롭게 지혜롭게
적셔낼 수 있었으면,

일상을 푸르른 것들로
우거지게 하고 고귀한
열매들을 무르익게 하는
시들 줄 모르는 깨침을
늘, 품어낼 수 있었으면,

그가 말했다 6

그대 생애 곳곳을 함부로 함락
시키던 겨울 새벽 모진 바람
같은 회한들도 세월 속에
느릿느릿 잦아들고
그대 지속적인 고통스런
깨침으로 인한 소스라침 또는
긴장감들도 다소간에 도금이
벗겨진 모습들을 내비치고

이제는 그저 다만 진정성
이라 할 것들을 향해 비교적
조용히 가보고자 하는 마음들이
동틀 녘 길 떠나는 그림자들처럼
얼핏 어른거리기도 하는 무렵
그리하여 그대 한 생애에 대한
누구네들의 석연찮은 기억들 혹은
누구네 생애들에 대한 그대의
안쓰러운 기억들도 천천히

사그라져가고 있는 무렵
급기야 마침내는 대체로 텅텅
비워지고 있을 잡다했던 옛날의
약속 장소들 또는 어떤 찻집이나
밥집 술집들—저 한 시대의 길거리
또는 길모퉁이들이 새삼스럽게
젖은 모습들로 떠오르기도 하는 무렵

오늘도 무엇을 찾아 꽤 오래된
그림자들은 이리저리 여기저기 떠돈다
서성거린다 진정한 깨침은 어디 있느냐
진정한 깨침은 무엇이냐 자문하면서
차마 한사코 멈출 줄 모르는 채로
하긴 인생은 시작과 종말이 있으므로
종당에 비감어린 마지막 한 조각 섬광 같은
깨침쯤 있어도 괜찮으리라 아니 무엇도
아무것도 없어도 물론 괜찮으리라

낙엽 속에 청춘이 말했다

청춘은 힘겨운 녹음의 시절이었으며

험한 노동 노역 앞에 던져져 있었으며

흔히 좋은 소리도 제대로 듣지 못했으며

청춘은 그러므로 진흙탕 한가운데 있었으며

감상적 감정적 토로는 각자 자유였으나

깨침은 더 많은 노고를 요하는 것이었으며

띄엄띄엄 깨침이 없었던 건 아니었지만

깨침은 길에서 제값을 받는다거나 어디에

가서 힘을 쓰는 물건도 아니었지만 그래도

청춘은 흔히 한 생애를 온갖 깨침들로 채운

연후에 떠나도 떠나고 싶다고 했다

어쩌다 불시에 홀연히 떠나더라도 달리

어떤 여한쯤을 남기고 싶진 않다고도 했다

어떤 논객이 말했다 1
—검은별빛의 넋을 위하여

깊은 겨울밤 난데없이 비가 좀 뿌리니
먼 데 불빛들 얼비쳐 남십자성 북극성
금성 목성 북두칠성 등등의 넋들 불시에
찬연하게 다 지상으로 내려온 듯

붉은별 노란별 금별 은별 초록별 다
있는데, 검은별이란 것도 있다는데 유독
식별이 안 되었습니다 흑장미 같은 게 귀한
거라는데 검은별도 그럼 귀해서 그런 건가

아마 모두들 흔히 그 마음에 은밀히 품고
살아가기도 한다는 어떤 죽음보다 영롱한
비원 열망 같은 것들이라면 그것들을
검은별빛의 넋이라 할 수 있을 건가

옛날 어떤 소년 혈기 어린 거친 표현으로
'불빛이 마침내 어둠을 밝히리라' 했더니
한 선생 탄식하길 '불빛 몇 개가 어두운

세상을 뭘 어쩌겠느냐' 그랬음에도

그간에 순교적 불빛 몇몇 강림하여
세상을 여하튼 변화 개선시켜 왔으므로
오늘 마침 소년이 '불빛들'을 '비원
열망의 별빛들'로 바꿔서 썼나 봅니다

깊은 겨울밤 난데없이 비가 좀 뿌리니
견인주의자 연하던 누구 마음 같은 창틀
철망, 쇠붙이로서의 체면도 잊고
잇달아 소스라치는 소리들을 냅니다

어떤 논객이 말했다 2
—독수린지 맨지, 매도 백송골인지 보라맨지 솔갠지 뭔지

저 상공을 인공 비행물체처럼
흐르듯 날고 있는 저건 독수린지
맨지 매도 백송골인지 보라맨지
아니면 솔갠지 뭔지

아니면 영 다른 뭔지는 새 박사
윤무부에게 물어야겠으나 티브이
화면도 아닌데 어디서 그를 만나
뭘 어떻게 물을 기회가 있겠는가

여하튼 그럴듯한 위엄 있는 것이
떠 있는데 저런 것들이 시력이 뛰어나
초원의 두더지 토끼 등을 단숨에 식별
불시의 저공비행에 들어간다던데

여긴 이십일 세기 도심 한복판인데
저게 어디서 뭘 보고 뭘 먹겠다고
저러는가 저네들 일이니 저네들이

알아서 잘하겠지 내버려둘 밖에

우선은 두고 보는 수밖에 하는 사이
문득 인공 비행물체 비슷한 무엇 시야에서
사라졌다 혹시 극한 대립 장면 빈번한
길거리 현실 정취로 인해 아무개군 자네
잠깐 헛것을 봤던 건 설마 아니겠지!

델게르 나랑, 다리온 사나, 바야르 자르칼
—시립대 편 1

새삼스레 시야에 들어오는 책장 안의 엽서 한 장

손색없는 청색 볼펜 글씨

델게르 나랑, 다리온 사나, 바야르 자르칼, 세 사람
연명의 엽서 몽골 대학 혹은 울란바토르 대학 출신들
2002년 5월 15일이라면 그 좀 뭣한 그 스승의 날
이었던가 한국 관계 일꾼들이 될 이네들 수업은
어떠했다고 말들을 할까 누구의 이름은 그 뜻이
해 뜨는 아침이라 했던가 떠오르는 아침 해라 했던가

엽서의 정경: 푸른 하늘 나무 한 그루 없는 산야
초지 방목 중인 말들 멀리 산 아래 그네들의 이동식
전통 가옥 몇 채 사람은 없다 말들만 풀을 뜯는다

저 말들은 옛날 어디를 공략했던 어떤 말들의 후손
들은 설마 아닐까

저 집안의 어떤 사람은 또 어떤 극렬한 침략자의
자랑스런 후손은 혹시 아닐 것인가

덧없는 상상 마음이 아프다 부끄럽다 어딘지를
향해 죄송스런 맘 자꾸만 뭉게구름처럼 일어난다

사진 작업한 사람들이 배후에 있었으리라
이 정경을 만들어 담느라 신경 썼으리라

찰칵, 셔터 눌렀을 기사의 손길이나 숨결 어딘가
묻어 있을 듯하여 엽서 앞뒤 뒤적거려보기도

첫사랑 찬미 학도에게 누가 말했다
——시립대 편 2

먼 산——라벤더 향, 주변 길들——초콜릿,
자동차들——아이스크림, 행인들——무도회,
건물들——재스민 향, 흰 구름——박하 향,

첫사랑 시절엔 세상 입구가
동화책 쪽으로 나 있었을 수 있다
출구 또한 장난감 가게 놀이동산
쪽으로 나 있었을 수 있다
온몸을 흐르는 전류 같은 것들이
거기 있어 일순간에 온 세상을
환하게 비춰보는 것만으로도
인생은 충분히 눈부셨다

그담부터가 진짜다
변치 않는 믿음 어설프지
않은 깨침 생명 원천 같은
신앙 같은 처음이며 끝인
그냥 쉽고 편한 것이 좋아서

가다가 당도하게 되는 완전한
온전한 사랑 진정성을 조용히
가득 채우며 지켜내며
간직하고자 하는 인생

안면 앞바다가 말했다

해질녘 후텁지근한 바닷가는
시장 거리 수요 장터 음식 박람
회장처럼 붐빌 때 시끄러울 때

외딴 곳으로 발길 돌리는 사람
있었으니 매일반이겠지만 여하튼
조용히 저녁 바다를 내다보고자
하는 사람 하나 있었던 것이었으니

그렇다면 과연 나, '안면 앞바다'
라는 이름은 안면을 허락한다
하여 붙여진 이름인가

혹은 나, '안면 앞바다'라는 것이 과연
액면 그대로 안면을 허락했으면 하며
누군가가 붙여본 이름인가 어쨌든

우연인지 필연인지 누구네들이 찾아

올 때마다 하긴 그럭저럭 늘 잔잔
하기는 했었던 나, 안면 앞바다

남녘 어느 공단에 다니던 아무개네
내외 이제 여기 정착한다니 비로소
새로운 안식 있길 바라며

오늘 초대된 그이네 인척 외지인인
그대에게도 또한 부디 호젓한 안면이
내내 함께하길 (바라노라)

한려수도의 유람선이 말했다

벚꽃 만발한 사월이라는 것이 왠지 조금은
언짢지만 평소와 다름없이 나, 유람선은
부두를 떠나간다 울긋불긋 승객들을 싣고서

나, 유람선은 뱃길 따라 남해바다를 가른다
일단의 여유 한가로움에 잠긴 이들 혹은
멀리서 온 듯도 싶은 이들을 흔들어주면서

나, 유람선 주변 물거품들은 쉴 새 없이
포말 지는데 갑판의 어떤 사람들은 술들을
마신다 혹은 풍경들을 카메라에 담는다

안내양이 음악을 틀면 아래층 공연장에선
승객들이 몸들을 부딪혀가며 춤들을 춘다
다리가 다 풀릴 때까지라도 저러는 건 지금

여기가 동네나 집 아닌 나, 유람선의 품속인
때문인가 사실은 거기가 도로 거길 텐데

착각들이 때때로 아름답고 안쓰럽구나

여하튼 누구든지 좀더 먼 바다로 나가보고
싶어지는 어느 날이 있어 오늘 마침 그대는
오래된 뱃길 어디쯤에 있었다 그렇다

사실을 말하자면 이 뱃길은 영원한 성지였다
그렇다고 옛 충무공님 때문에 새삼 눈시울
적시진 않아도 물론 괜찮다

어쨌든 그대는 오늘 나, 유람선의 갑판
어느 모퉁이에 있었다 그대 생명의 원천이
애초에 아주 작은 물 조각 하나였던 것처럼

그대는 오늘따라 옛날의 그 하나의 물 조각이
된 것처럼 망망한 바다 위에 있었다 현실감각 쪽
도금이 조금은 벗겨진 모습으로 있었다

단체 모임에 따라간 사람이 말했다
—시화호 긴 다리에서

흘러드는 온갖 물결들을 온전히 보듬어내시는
바다—바다—바다—

인간사—인간관계—에—대한—길—을—묻
는다면 외형적—
명분적—우선적—대답—이야—물론—수평
선—혹은—수평선
너머—너머의 수평적인 바다—바다—바다 같은
것이겠지만—

넘실거리는 늠름한 바다—또는—수평선 같은 것
들이란
아무래도 너무 먼 먼 곳에 있는 것이 현실이겠구나—

자기 자신 아닌—누구—남에 대해선 흔히 어떤
절대적인 걸 요구하게 되기가 쉽겠지만—

엄연한 현실적 문제로는 우선—망망대해 심연에

그냥
　　덧없이 고꾸라져버리고 말 물거품 더할 일들을
　　스스로 경계함이 마땅한 도리—라—할 수 있다—

　　제대로 된 길은 물론 항상 멀리에 있다—고—할
수 있다—

어떤 해변을 떠올리며 그가 말했다

여수에서 온 멸치를 먹으며
여수 앞바다를 떠올려본다

여수에서 멀지 않을 파란
바다를 재빨리 돌아다녔을
멸치, 멸치 떼,

빳빳한 감촉 짭짤한 맛
큰 가마솥에 쏟아져서 잘
쪄져서 잘 말려진
멸치, 멸치 떼,

하나하나 저마다 마지막
운명 순간 그 자세로 남겨진
멸치, 멸치 떼,

오동도 동백꽃 보고 온 이가
전하는 사연을 듣는다 지난여름

태풍에 엄한 집들 지붕 날아간
사연이나 아는 사람들 지내는
사연을 사연들대로 들으며

멸치를 고추장 찍어서 먹는다
아삭아삭 마른 멸치 씹히는 소리를
스스로가 또 듣는다 사람이 살아가는
이런저런 풍경들 하나하나가 지금 막
새로 또 만들어지고 있는 어느 순간이다

해변의 길손이 말했다
—안면도 편

갈매기의 소프라노 선율

바다의 섬세 장중한 협연

이번 공연 역시 관객들의 괴성
환호 감탄 무관심 혹은 깊은 침묵
응시와 별 상관없음에 유의한다

깊은 밤 늦은 시각에도 마냥
계속, 계속 중인 연주 혹은 연습

한시도 멎지 않는 대자연
물결들의 저 끝을 온전히 알 수
없는 혼신을 다한 정진, 정진

시시각각 새로워지고 있는
파노라마적인 살신성인적인
시청후촉미각적인 전개

어느 마지막 날까지 이어져갈
저 해변의 측량 다할 길 없는
호흡들 화음들 불협화음들

잠결에도 듣는다 태양계 제삼
행성이 숨쉬는 것 같은 소리
별다른 변주 없이도 그대로
늘 경이로운……

옛 소년이 말했다 1
─산나리꽃의 이름으로

산나리꽃에선 옛 소년 모습이 묻어난다

고향 산골짝의 남자애가 느껴진다 은방울꽃

도라지, 산국화, 칡꽃…… 다 마찬가지다

꽃을 통해 다시 태어나는 것 같던 시절

고단한 가난한 어린 시절을 물들였던
빛깔, 형상, 향기들

어느덧 맨손으로 온몸으로 거친 현실을
막아내야 하는 시절 찾아와

험한 곳곳에서 유실된 것들도 많았지만

잃은 건 없다 없을 것이다 오늘 산나리
꽃의 이름으로 빛을 향하는 시각

시민이 말했다
——어떤, 반짝이는, 번득이는

눈부신 햇빛에 도색된 둑길 둔덕에
무더운 공기들 어지러이 꿈틀거릴 때
행인 불현듯 숨이 막히는 듯하다

무거운 탐욕스런 폭양 혹은 누군가의
잔혹한 연쇄 사건들 세상 엄습할 때
행인 그대로 숨이 막히는 듯하다

곳곳의 사람들 번득이는 말싸움 실신
사건들 우연히 화면을 통해 보았을
뿐인데도 문득 숨이 막히는 듯하다

반짝이는, 번득이는, 후텁지근한 지뢰 같은
모든 것들을 향해 행인 오늘 문득 삼가
목례를 한번 올리고 싶은 듯하다

강변에서 그가 말했다 1
—왕벚꽃, 개벚꽃 피는 시절

왕벚꽃 만발한 둑길 일대에
포장마차들 임시 노점들
장마당을 이뤘습니다

강변의 새들 먼발치서 갸우뚱,
하는 건 뭉게구름 떼처럼 불시에
피어오르는 꽃 무리들 때문입니까
혹은 꽃들만 한번 실하게 피어도
우선 너무 좋아하고 보는 것 같은
사람들 때문입니까

아니면 시도 때도 없는 둑길 일대의
소란들로 인해 이미 여러 번 놀란
새가슴들 과연 새가슴들답게 다시
또 한번 속절없이 놀라는 모습일 뿐
입니까 별 대수롭지도 않은 일련의
그런 장면일 뿐입니까 새가슴들이란
과연 여리고 여리다 자잘하다 이겁니까

또 다른 둑길 개벚꽃 몇몇 송이
피는 둥 마는 둥 하는 곳엔 또
한적한 게 좋아서 왕래하는
사람들 몇몇 없잖아 있었습니다

이쪽은 취향들이 좀 독특하군
떠들썩한 델 가야 구경거리도
더 있는 법인데 청둥오리 왜가리들
설마 이런 식으로까지 분수 모르며
수군거리는 건 아마 아닐 겁니다

강변에서 그가 말했다 2
—물고기의 동그라미 파장

물결 잔잔한 저물 무렵입니다
물고기들이 그려놓는 동그라미
파장들이 번집니다

수면 여기저기 큰 동그라미
파장 좀 작은 동그라미 파장
혹은 꽤 멀리까지 훅, 하니
감겨져 나가는 갯비린내

옛날처럼 강물 수면에 돌팔매나
하며 노는 아이들 찾아보기가
어려워진 시절입니다 물고기나
새들은 좋아할지 모르겠습니다만

아이들은 대개 학원에 가 있는
것으로 압니다 혹은 늦은 시각에
몸이 좀 불은 엄마 아빠와
조깅을 나오기도 합니다 자전거를

타거나 인라인을 타기도 합니다

여하튼 누구는 잠시만이라도 무념
무상의 자유를 누리고 싶었습니다
강변에서만이라도 수면을 대하는
동안만이라도 짐짓 아주 단순한
모습으로만 있다 가고 싶었습니다

비교적 꽤 멀리까지 퍼져 나가는
갯비린내 실린 크고 작은 물결
동그라미들을 바라봅니다 물고기들의
크기를 가늠해보기도 하며 기포가
맺히는 또 다른 동그라미 파장들을
다만 짐짓 바라다보기도 합니다

강변에서 그가 말했다 3
—밤안개 속에

강변의 짙은 밤안개 속에
먼 데 아파트 건물들의 형체
윤곽들 문득 사라지고

캄캄한 허공 중에 건물들의
몇몇 불빛들만 희미하게
외따로이 비쳐져

마치 뭔가 특이하게 보이고자
몇몇 별들이 본래의 가로줄 서기를
벗어나 오늘 짐짓 세로줄 서기를
하는 듯한 모습입니다

양해해주십시오 밤안개를 빌미로
별들이 마치 곡예비행이라도
하는 것처럼 말한다는 건 매우
부적절하다 하겠습니다

밤 깊도록 적잖이 일 있는
사람들이 있어 아직 불들을
끄지 못하는가 봅니다

아무리 심하다지만 내일
어느 때쯤이면 안개는
결국 말끔히 걷힐 겁니다……

강변에서 그가 말했다 4
—바람에 나뭇잎들 흔들리는 풍경 속에

천천히 이동 중인 푸른 하늘 흰 구름,
반짝이며 하염없이 흐르는 강 물결……
주변 풍경들에 느티나무 미루나무
은사시나무 잎들 바람에 흔들리는 풍경
또한 자연스럽게 어울려 있습니다

바람 부는 대로 흔들릴 것들 흔들리는 동안
무엇들이 바람에 흔들리는 풍경에 익숙해진
누가 창밖을 보는 자세로 앉아 있습니다

찻집 혹은 식당 같은 실내에서 누가 웬만해선
풀어지지 않을 것 같은 마음을 지닌 듯한
자세로 앉아 있습니다 웬만해선 흔들리거나
움직일 것 같지 않은 자세로 앉아 있습니다
대체로 매사에 무감동한 듯한 자세로 앉아 있습니다

바람 부는 바깥 풍경보다 흔히 더 스산하고
을씨년스럽기 짝이 없을 듯한 마음 풍경을 지닌

누가 지금 저 자신의 마음을 추스르는 듯한 자세로
한참 동안을 그냥 앉아 있습니다 앉아 있다고 해서
그냥 추슬러지는 것이 마음일 순 없다는 걸
충분히 알고 있는 듯한 누가 앉아 있습니다

때가 돼야 바람이 잔잔해지듯 때가 돼야 잔잔해
지는 게 누구의 내면 심사라는 점에서 바람 부는
바깥 풍경이나 실내에 앉아 창밖을 내다보는 누구의
내면 심사가 다소 닮은 점이 있는 것도 같았습니다

느티나무 미루나무 은사시나무 잎들 바람에 흔들리는
그 아래로 차가 지나가고 개가 지나가고 행인이 지
나가는
창밖의 풍경과 아직도 그저 우두커니 앉아 있는 누
구의 내면
풍경이 어떤 연관이 있는지 누가 굳이 물은 건 아니
지만

그저 말난 김에 말해본다면 다소 막막하고 공허한 듯
해 보인다는 점에서 창밖의 풍경이나 누구의 내면 풍경이
다소 닮은 점이 있다면 있다 할 수도 있는 것 같았습니다

수행자가 말했다
—막막함 혹은 정중동

발가벗고 큰 나무 속으로
스며들고자 했더라도—그건
십중팔구는 근거가 모호한
감상이었을 것이다—이내 날
저물면 집 생각 날 것이겠고
누구 생각도 날 것이겠으므로—

'도통'이란 쉬운 것이 아니므로—
가급적 여럿이 함께 나눌 무엇
이라면 비로소 더 좋은 도통일
것이므로 누구도 누구만큼은
사리 분별 있는 법이므로—

태양이 있고 달이 있고 나무도
있고 풀도 있고 염소도 있고
저기 멀리 별들도 있는데 누가
발가벗고 저 별 속으로 스며들고
싶었을 수도 있다 졸음을 막을 길
없을 땐 우선은 잠을 자는 것이 좋다—

옛 소년이 말했다 2

천만 겹 눈 속에
아침 해 솟는 듯
깨침은 있으리라

꽃망울 터지듯
플래시 터지듯
파안대소하듯
궁극적 깨침은
있으리라

인간에게 궁극적
깨침이 있을 수
있겠는가만

그럼에도 꽃망울
터지듯 플래시
터지듯 궁극적
깨침을 말하는 건

삶을 희망을
간직하기 위하여서

강변 숲 속 작은 길에서 그가 말했다

클로버, 여뀌, 강아지풀
명아주, 민들레, 개망초……
싱그러운 둑길입니다

풀들이 주변을 다 덮을
법도 합니다만 굳이 둑길
까지 넘보진 않습니다

풀들 수북한 지점과 길
사이엔 섬세하게 선명한
경계가 나 있습니다

풀들에게도 사람들의
자취를 감지하는 예민한
무엇들이 깃들어 있나 봅니다

허구한 날 행인들 내왕 탓에
풀들이 두 손발 다 든 결과가

둑길일 수도 있습니다만

어쨌든 강변 둑길은 누가
측량하고 깎아낸 적이 없는 길
그냥 숲의 조화로운 일부입니다

자연 찬미 학도가 자연 찬미 학도에게 말했다

—시민대 편

따뜻한 그 봄날 그 언덕 고개
숙이신 그 할미꽃 몇 송이에
대한 그 기억 영원히라도
지워지지 않으신다는 건가
그 여름 그 강변 몇 줄기 미풍에
수런거리시던 그 강 건너의 그
은사시나무 잎들 그 반짝거림
같은 것들 마음 두근거림으로
일일이 간직하며 지내시려는 건가
화왕산 정상 맑고 찬 그 가을 그
바람 그 소리에 묻어오시던 그
억새풀들 그 울음들 문득 틈틈이
불러내어 따뜻이 잔잔히 새겨보며
회상하며 다듬으며 가시겠다는 건가
그 겨울 저녁 어은 저수지 우리네
자잘한 깊은 곳까지 물들여주시던
그 노을 그 빛 속 그 기러기 떼
지금도 숨 막히는 정지 화면으로
그 안에 머물고 계시는 중이신가

자연 찬미 학도에게 누가 말했다
—인간—자연—또는,

여객기에서 내다보이던—생크림 같은
거대한 눈 덮인 덩어리—매킨리 봉—이나—

오래오래 각종 아이스크림처럼—관광버스
차창에 비치던—한여름 눈 덮인 알프스 봉우리들—

바람 부는 언덕 아래 내려다보이던—대서양 태평양
또는 동해안—사이다 거품 같기도 한 물결들이나—

저기—초콜릿 덧씌운—아련한 빵 조각 같기도
한—
도봉산 만장봉 돌산봉우리—또는 인근 봉우리들—

인생 이 창구 저 창문을 통해 열리고 닫히던
이—저—그—정경들—물론—자연이건 무엇
이건—

다 좋았다—체득적 정서가 용해된 것들의 감각적

형상화——또는 본체적 이미지——깨침들——이——다
좋았다——

시간 강사가 말했다
—장안대 편

키 큰 향나무의 대오,
정원사가 손보고 간 이래로
한 그루 향나무 상하 좌우
나뭇가지들 곳곳 무더기무더기
축구공 농구공만 같은 무인도만
같은 녹색 잎 뭉치들 푸른 하늘이
그 배경이다 그대로 그냥 한 생애
내내 기약 없는 참선에 든 구도자
모습, 분위기, 세상 어떤 가부좌의
구도자라 해도 외형상 저 향나무
들 같을 순 없을 거라는 느낌
향나무를 통해 향나무의 자세를 통해
한 수 배우고 있던 어느 봄날 오후

어떤 예술가가 말했다

예술, 숙명적 예술, 깨침의 길

그 어느 지점 도달이 어려운

쉽고 어렵고가 본질은 아닌

십자가 짐 지려는 다툼 정도가 아름다울

누가 예술 하라고 공갈 협박한 적은 없는

낮은 단계의 돈이나 명예는 정녕 아닐

자기 자신이 말했다
—입장 정리 편

다 자기 입장이 있고

다 자기 입장 중심이고

모두가 다 뭔가를 꺼내 보여주고자

했었지만 세상은 늘 진짜만

받고 싶어 하는 것이었으니

베토벤, 모차르트, 신윤복 등등……

그러므로 더더욱 부단히 갈 수밖에

없으리라 무한한 분발정신이 어떤

흐린 머리를 문득 쇄신시키는 때까지

스스로가 스스로에게 말했다
—총체성 편

조화로운 총체성을 향한

감동에로의 회귀의 당위성

참 그럴듯하게는 들리는구나

너 그 실체를 보여봐라

뭐가 아니더라도

비슷한 놈일 뿐이더라도

부디 한번 펼쳐보이시옵소서

평생의 숙제 너무 어려워

한 줄이라도 제대로 했으면 하는 심정

시행착오조차 아름다워질 때까지

세상이 한번 몸을 꼬는 날까지

함장 집의 안부를 듣게 됨

그림의 장인들 일색인 집안에 유화나
화조도 분야 원로 언니댁 막내 늦은
결혼식엘 다녀온 사람이 역시 유화 전문인
그 집 셋째 공주 집안 소식을 전해왔다

예전에 젊어서 어느 항로 도중 우연히
마주치기도 했던 그 집 부부 해군인
바깥사람이 한때는 런던에 있다더니
지금은 함장 일을 본다고 했다 남해,
동해, 서해, 함대들의 그 함장님이라니

그건 그렇다 우리네들이 우리네들 집도
지키고 동네도 지키고 환경도 지키고 정치
경제도 지키고 바다도 지키는 거였지

열심히 잘들 지내시고 있다 하니…… 사는 것
이란 그 이상의 무엇이 그리 더 아니었음을
그윽하게 늘 또다시 깨닫는 가운데에

바람 쐬러 나온 사람이 말했다 1
—수종사—두물머리 편

운길산 수종사 난간
아련히 내려다보이는
북한강 남한강 합쳐지는
두물머리의 풍경
진짜 그림 같았는데!

수종사 난간에서의
전망이었던 두물머리
에서 올려다 보니 이번엔
저 산 중턱 수종사 전경이
진짜 그림이로구나!

저런 풍경들 합쳐진
모습들이 곧 총체적
깨침을 일러주는 예시적
그림자들 아닐는지!

바람 쐬러 나온 사람이 말했다 2
—강화도, 2003

오늘의 점멸등 같은 기억 속에 동영상으로 펼쳐지는
풍경들

1. 황금빛으로 도색된 것 같은 아득한 넓은 평야 농
지 용수 수로 싱그러운 물결들

2. 검붉은 갯벌 마니산 참성단 또 다른 높은 산봉우
리 미사일 기지

3. 바닷가 언덕 위의 대학 캠퍼스

4. 해안도로를 천천히 걷는 배낭여행 차림 그 여성
은 안식년 중이었던 듯

5. 해안을 따라 도는 철책선 어두운 그림자들만 같
은 철책들 생사를 건 피와 땀과 영혼의 냄새

6. 그리고 사라져가는 인삼밭들

7. 강화읍은 조촐함을 벗어나는 바가 별로 없다 육
지와 견줘볼 때의 강화도의 위상만큼씩 꼭 그만큼씩
그 모습, 그 규모

8. 석모도 교동도 꼭 집안 식구들만 같은 섬들을 바
라보다보면 옹진반도를 마침내 정겹게 왕래하고 싶어

지리라 현실은 서울——서해 유람선조차 어렵구나 정
수사 저 아래 저 바다 저 표정들은 속세를 웬만큼 초
탈한 듯도 싶건마는

바람 쐬러 나온 사람이 말했다 3
—목천 저수지 편

물그림자들 바람에 흔들릴 때
하늘
구름
산봉우리
나무들
조각배들
물그림자 되어 흔들릴 때

누구 인생
번다한
내면 풍경들
또한
물그림자에 겹쳐져 흔들릴 때

물그림자엔 바람의 파동——

날 어두워지고 밤 되면
웬만한 것들은 사그라지리라

저 멀리
외딴곳
등불 하나 꺼지듯
삶 끝나면
부산하던 흔들림들은
흩어져
투명한 공기 가까운 것들이 되리라

흔히
달콤함으로
오인되기도 했던
고단함 무력함들 또한
사그라지리라

반짝이는 물결 같은 누구 생전의 어떤
깨침들이 아직 좀 남아서 또 어느 누구의
깊은 곳곳을 비칠 때도 있으리라

육십 년대 동해안 도로가 말하는 것 같
았다

물결들 반짝이던 이른 봄날 다시 또
발령 받은 가장은 어떤 이에게 물었다
학교가 어떤지 관사는 있는지

왜정 때 지어진 낡은 관사가 여하튼 있긴
있단 대답에 다행스러워 했던 날이 있었다
봄날 아지랑이 어른거리던 날이 있었다

월세는 안 살아도 되겠구나 물결들이
설레는 마음처럼 솟구치던 날이 있었다
아이들 전학 서류 떼고 피난 보따리 짐들
소하물로 부치던 날이 있었다

식구들 버스 타고 남쪽으로 이사 가던 날이
있었다 오래된 버스가 힘겨운 고달픈 소리를
냈던 날이 있었다 바다가 지척에서 연신
들끓어 오르던 날이 있었다

경포 앞바다에서 그가 말했다

육십 년대 한여름 한 소년,
부친을 시종처럼 따르며
경포 앞바다에 갔었던 바

부친 근무 중인 학교 후덕하신
서무과장 김선생 댁에 몇몇
선생 가시는 자리에 끼어서

그리하여 그날 밤 주인어른
김선생 거대한 코 고시는 소리
로 인한 속수무책적 불면 사태

또는 당신의 육중한 거대한 다리
불시에 걸쳐져 오는 때의 크나큰
위기감, 당혹감이나 억압감

선택의 여지없는 무아지경적
절대절명적, 호흡곤란적

회피불가능적인 갑갑함

여기저기 둘러본 무엇 무엇들이야
기억 속 자잘한 배경들이 된지
이미 오래인 가운데에 오로지

거대한 김선생 코고시는 소리
경포 앞바다 거대한 물소리에
겹쳐져 언제까지나 함께하고 있는

이별 예식을 치른 사람이 말했다
—부친상 편

장례 끝난 다음다음 날도 몸은 무거웠다
어디부터 손대야 할지 잘 모를 거대한
케이크처럼 퍼져버렸다 거대한 생크림
뒤덮이는 듯한 인사불성의 졸음 상태!
깊은 밤중엔 오히려 잠들지 못해 뒤척거렸다
잠 안 재우는 큰 벌 받고 있다는 느낌!

옛날 어렵던 시절, 서양 영화에 나오던 커다란
케이크를 받고 싶었던 아이가 있었다 시내의
큰 제과점 화려한 유리 진열장 쪽을 기웃거렸었다
시간의 흐름 뒤에만 도달 가능한 세계 바깥쪽을
서성거렸었다 양볼 불룩해지도록 바람 모아
후—— 불어서 결국은 마지막이 된 촛불들 꺼지고
아직 연기 날리는 연세 숫자만큼의 양초들은
수의 같은 종이봉투에 가지런히 넣어졌다

한 생애 널찍한 공터엔 다른 시간 곳곳에서 속속
당도한 손님들이 담소를 나누기 시작했다 갖가지

사연의 데코레이션 입혀진 케이크 어느 부위를
각자 취향대로 베어 담았다 담아다가 맛보았다
과장적으로 포크를 놀리기도 했다 이런저런
얘기들을 이어갔다 밤새도록이라도 그랬다
하룻밤만으론 모자랄 수밖에 없었다 이해가
간다 말이 나오면 사사건건 또 할 말투성이
였을 수 있었으니까 생크림들을 입 언저리에
잔뜩 묻히기들도 했다 얼결에 침들을 튀겨내기도
했다 그런 건 이 마당에선 별일이 전연 아니었다

어떤 연수생이 말했다 1
―푸른 하늘, 흰 구름

푸른 하늘, 흰 구름 상큼하다 목화구름

노루구름, 토끼구름, 새털구름, 조개구름

구름 이름들이 생각난다

생각난다 앵커리지발 유럽행 칼 여객기

한적한 기내 남자 승무원 설명 들으며

내다봤던 바다나 육지 저 아래 지상의

문제들은 숨소리 하나조차 들리지 않았다

인간 제반 문제는 도대체가 주로 지상

에서의 문제일 뿐이었다는 당연한 느낌

문득 새롭던 날 공항에서

담배 피우다 야단맞은 기억도 새로운데

푸른 하늘 흰 구름은 기류 따라 흐르는구나

흘러가는구나 흩어지고 모이고 사라지는

종이로구나 어느 시인 시의 판때기에

그리고 지우고 그리는 시의 구절들만도 같은

어떤 연수생이 말했다 2
——몽생미셸에서 대서양을 내다보다

몽생미셸 성곽 근처
대서양 바닷바람 몰려오는 곳
새우찜 요리가 인상적이었던 곳

해적들 출몰이 잦았다는 방파제에서 근세 유럽
열강들의 제물이었던 아메리카, 아프리카, 아시아,
오세아니아를 회상해본다 속속들이 부스러지고
으스러지고 짓쑤셔졌던 사람들이 겪었을 깊은
오묘한 상처들을 느껴본다 커다랗게 몰아치는
파도 소리 속에서 고통스런 웅얼거림들을 들어본다

저네들이 식민지 사람들을 짐짝
처럼 노리개처럼 농락했다거나
가축처럼 부렸다거나 침략자
정복자들 중엔 선인 성자들도
틈틈이 있었다거나

거센 바람결에 묻어오는 듯한 무슨 소리들이
들려온다 살펴보건대 정복자 피정복자 할 것

없이 모두가 다 이제는 깨침의 교재들이 되고
있는 것이지만 한편 처참하게 당했는데 깨침은
무슨 엿 사먹을 깨침이란 말인가 할 수도 있겠지만

다만 쉴 새 없이 바람이 몰려온다
모든 대륙들의 근세의 어떤 영령들의
무슨 소리들처럼 바람은 자꾸만 거세게
몰려온다 적포도주 한 모금 마실 때에도
서성거릴 때에도 시큼털털한 이는 내 피이니라
이는 내 깊은 아픔이니라 과거지사에 관한 한
어떤 누구의 무슨 변명도 탄식도 아전인수도
아무 소용없었느니라 부질없었느니라

남을 일이란 다만 깨침의 이름으로
각자가 시시각각 다시 태어나는 일
언제나 다시 살아가는 일
깨친 만큼씩 눈에 잘 안 띄는 정도로
스스로도 미처 자각 못할 정도일지라도

그가 깨침의 형상에 대해 말했다

깨침이라는 건—체득적이라는 건—
사심 없는 스스로의 마음에 물어서
그, 맑은 소리가 울릴 수 있는—

그, 구중심처 마음 어느 내벽
어느 지점들 일일이 누가 다
알겠느냐—스스로인들 다 알겠느냐—

그래도 그렇게 어떻게 울려오는
빛의 소리들이 마침내 깨침이리라—
무엇들이 무르익을 때에 울려 퍼지는—
만인이 공유할 맑은 소리들이—

깨침이라 할 수 있으리라 그런데
그런 깨침은 있는 것일까—헤일 수 없는
강 같은 바다 같은 심산구곡 같은 사막
같은 전쟁터 같은 것들을 삭히며 건너
오면서만 깨침은 만져질 수 있을 것인가—

사랑도 미움도 배반도 뒤통수치기도
다 건너 넘어서만 깨침의 희미한
동트는 새벽은 있는 것인가─날이
잘 선 명검이라도─주인이 영 아니면
엿 사먹을 고철일 것이니─

깨침은 무섭고 오묘하지 않은가 한다─
깨침은 인간적이지 않은가─참으로
강하지 않은가 부드럽지 않은가 한다─

진실로 깊은 깨침은 내색도 흰소리도
하나 없이 어느새 전광석화처럼 오고
가기도 하는 것이 아닌가 한다─그러니
가급적 시시하게는 굴지 말 지어다
해님, 달님, 별님 같은 님들이여─

운전자가 말했다
—꽃망울 터지듯 플래시는 터진다

좀 부지런히 차를 몰아야 했던 날

찰칵, 감시 카메라 플래시 터졌던 날

아차, 속도 늦추니 반짝반짝 뒤차들 질책들뿐

속도와 연관된 모든 의미 있는 점화 폭발들

정교한 소리들 또는 굉음들의 필요와 필연성

여차하면 터지도록 장치된 무수한 플래시들

찰칵, 순간적 깨침의 빛줄기 또한 스쳐가던 날

왠지 발사 순간의 로켓, 우주선들 문득 떠올랐던 날

면도기 광고 앞에서 웬 남자가 말했다
—깨침, 각성의 꿈

이중 삼중 날은 단절 절단을 뜻하며

절단은 미궁 시궁창 쪽으로 불순한 것들을

떠나게 한다는 것 길 없는 낭떠러지로

기약 없는 어두운 시간들로 떠내려갔을 뜨거운

시절들이여 이중 삼중 날 같은 시련을 만나는

시절들은 이중 삼중 날 같은 깨침 또는 각성의

시발점들도 되었던 날 그리하여 적막 한적하게

면도 중이었던 또 어떤 날은 더부룩한 것들을 이중

삼중으로 깎아내렸던 날 지저분한 너절한

거품 자국들을 씻어내던 무지갯빛 어느 날

바람벽엔가 기대서 그가 말했다

흩날리는 낙엽 속에 그가 말했다
이상은 이상일 뿐 숙명적 고뇌를
어쩔 순 없으리라

낙엽 어지러이 날리고 있을 때
그가 말을 이었다 예수는 다만
십자가에 희생됐으며 석가가
지상의 세인들을 다 보듬어
줄 수도 없으리라

낙엽들 수런거리는 가운데
그가 말했다 인간은 투명할 순
없으므로 어느 때나 무슨 좋지 않은
말이든 다 들을 수 있으리라 좋게
소문난 이들도 결과는 비슷하리라

낙엽들 수면에 파문 일으키는 가운데
그가 손짓했다 그러므로 보라 저기

저 '깨침'의 등불 빛들을 '깨침'의
불빛 쪽으로 숙연히 모이거나
흩어지는 낙엽 같은 모든 것들을

똑똑히 보아두라 오늘 지금 저기
'깨침'의 불빛들이 가리키고 있는 것들을
부끄러움 가운데 무엇을 깨치고 있는
마음들을 숱한 낙엽 같은 것들을 저기
소박한 불빛 같은 모든 반짝임들을

각성과 성찰

오 형 엽

　장영수의 다섯번째 시집『그가 말했다』는 일상적 현실의 흐름 속에서 각성의 순간을 추구하는 시적 자아의 진술로 이루어진다. 이 시집의 시편들에서 시인은 생활 속에서 경험하는 사색과 관념을 특별한 시적 의장(意匠) 없이 솔직하고 담백하게 서술한다. 일상적 삶에 밀착하여 그 경험을 반추하고 사유함으로써 얻어지는 관념의 표출은 그의 시의 주조음을 이룬다.

　성민엽이 예리하게 지적한 대로, 장영수의 초기 시는 속악한 사회와 개인간의 갈등을 고통의 연대의식으로 극복하려 하며, 생활세계에 뿌린 내린 대응 주체로서의 자기 정립을 절대적 존재에의 추구로 구체화한다. 성민엽이 '상승과 하강의 시학'이라고 이름 붙인 장영수 시의 이러한 미학은, 후기 시에 이르러 사회적 현실에 대한 대응이라는 외적 갈등이 희미해지는 동시에 일상적 삶에 대한 반추와 점검이라는 내적 갈등이 중심을 이루는 방향으로 이동해온 듯하다. 시적 전개상의 이러한 변모에도 불구하고, 장영수의 시가 일관되게 보여주는 것은 어떤 깨달음에 대한 추구와 자기 성찰이라고 볼 수 있다. 이번 시집 『그가 말했다』는 이러한 시적 전개상의 변모와 연속성을 함께 보여주고 있다.

자정도 한참 넘은 깊은 밤!

빗방울 후둑거리는 강변!

검은 점퍼에 검은
모자 쓴 행인 혼자
어디쯤 걷고 있던 시각!

칠흑 천상에서 눈앞
지척으로 한순간에
폭격하듯 쏟아지던
내리꽂히던 거대한
섬광 혹은 시퍼런
번개 한줄기!

돌이켜 보면 참으로
아찔했던 그 한순간!
만약에 진실로 그 섬광
한가운데 있었더라면
너, 이제 더 이상 이
세상 사람 아니었겠구나!

그러므로 미뤄 보건대
너, 아직 미처 때가
아니었다는 계시쯤으로
이 사실들을 기억하라!

너, 해야 할 일들이 그래도
조금은 남은 것 같다는
뜻쯤으로 여겨두라!

너, 좀더 확실히 정신을
제대로 차려야겠다는
말씀쯤으로 새겨두라!   ──「그가 말했다 1」 전문

  깊은 밤 강변을 홀로 걷는 화자의 눈앞에 거대한 섬광
이 내리꽂힌다. 이 번개 한줄기가 어떤 각성을 가져다준
다. 화자는 죽음을 모면한 이 상황을 "아직 미처 때가/아

니었다는 계시," 즉 "해야 할 일들이 그래도/조금은 남은 것 같다는/뜻"으로 해석한다. 그래서 "확실히 정신을/제대로 차려야겠다"고 다짐한다. 평범해 보이는 이 시에서 우리는 장영수의 최근 시가 지닌 특징을 살펴볼 수 있다. 첫째, 일상사 속에서 각성의 순간을 포착한다는 점, 둘째, 이 각성은 위대하고 거창한 진리에 대한 깨달음이라기보다 평범하지만 진실한 삶의 태도에 대한 반성과 성찰이라는 점, 셋째, 이러한 각성과 성찰을 특별한 시적 수사나 장치 없이 진술한다는 점 등을 확인할 수 있다.

그런데 장영수의 이번 시집은 셋째 항목이 낳는 문제점에 대해 고민하면서 그 나름의 해결책을 모색하고 있는 듯하다. 시적 비유나 수사가 제거된 사유와 관념의 직접적 토로는 그 추상성으로 인해 시적 형상화에 장애 요소로 작용한다. 이 점을 의식한 장영수는 진술의 주체를 다중화하는 방식으로 그것을 해소하려 한다. 인용한 시에서 시적 화자는 제목에서 보듯 "그"라는 3인칭으로 설정되어 있지만, 실제 작품 내부에서 화자는 시적 자아인 "나"이다. 다시 말해, "그"는 바로 "나"인데, 진술의 주체를 단일화하지 않고 분리시킴으로써 사색과 관념의 토로가 낳는 진술 공간의 협소함을 벗어나려 하는 것이다. 이처럼 시적 자아를 숨은 화자인 "나"와 표면 화자인 "그"로 분리시킴으로써, 자아는 단일화된 양태에서 벗어나 일상적 자아와 내면적 자아, 행동적 자아와 사색적 자아, 과거적 반성의 자아와 미래적 결의의 자아 등으로 입체화된다. 그 결과 "그"가 "나"를 "너"라고 부르는 2인칭의 호명이 표면화된다. 시인은 2인칭의 "너"를 네 번이나 호명함으로써 삶에 대한 계시와 각성과 결의라는 주제를 시적 긴장의 형식으로 결집시키는 것이다.

일상적 삶 속에서 정신적 각성과 자기 성찰을 거듭하며 그 사색과 관념을 주체의 다중화를 통해 진술하는 것은 이번 시집의 일관된 특성을 이룬다. 그런데 인용 시에서 "섬광"과 "번개"로 나타난 '각성'의 차원과 "계시쯤으로/이 사실들을 기억하라!" "뜻쯤으로 여겨두라!" "말씀쯤으로 새겨두라!"라는 '성찰'의 차원 사이에는 어떤 간격이 놓여 있다. 이것은 전자를 수식하는 "한순간에/폭격하듯 쏟아지던/내리꽂히던"이라는 '순간' 및 '수직성'과, 후자를 수식하는 "아직 미처 때가/아니었다"라는 '지속' 및 '수평성' 사이의 간격이기도 하고, 전자를 수식하는 "거대한" "시퍼런"의 '단호함'과 후자를 수식하는 "아직 미처" "그래도/조금은"이라는 '여유로움' 사이의 간격이기도 하다. 각성과 성찰 사이의 이러한 간격과 그 충돌은 장영수의 최근 시를 이해하는 하나의 지표가 될 수도 있을 것이다. 이를 규명하기 위해 다음 시를 읽어보자.

그대 생애 곳곳을 함부로 함락
시키던 겨울 새벽 모진 바람

같은 회한들도 세월 속에
느릿느릿 잦아들고
그대 지속적인 고통스런
깨침으로 인한 소스라침 또는
긴장감들도 다소간에 도금이
벗겨진 모습들을 내비치고

이제는 그저 다만 진정성
이라 할 것들을 향해 비교적
조용히 가보고자 하는 마음들이
동틀 녘 길 떠나는 그림자들처럼
얼핏 어른거리기도 하는 무렵
그리하여 그대 한 생애에 대한
누구네들의 석연찮은 기억들 혹은
누구네 생애들에 대한 그대의
안쓰러운 기억들도 천천히

사그라져가고 있는 무렵
급기야 마침내는 대체로 텅텅
비워지고 있을 잡다했던 옛날의
약속 장소들 또는 어떤 찻집이나
밥집 술집들—저 한 시대의 길거리
또는 길모퉁이들이 새삼스럽게

젖은 모습들로 떠오르기도 하는 무렵

오늘도 무엇을 찾아 꽤 오래된
그림자들은 이리저리 여기저기 떠돈다
서성거린다 진정한 깨침은 어디 있느냐
진정한 깨침은 무엇이냐 자문하면서
차마 한사코 멈출 줄 모르는 채로
하긴 인생은 시작과 종말이 있으므로
종당에 비감어린 마지막 한 조각 섬광 같은
깨침쯤 있어도 괜찮으리라 아니 무엇도
아무것도 없어도 물론 괜찮으리라
　　　　　　　　　　　──「그가 말했다 6」 전문

　시적 화자는 과거를 회상하면서 현재의 상황을 사유하
고 진술한다. 1연에서 과거의 경험은 "회한"과 "깨침"으
로 나타난다. "회한"을 수식하는 "함락/시키던 겨울 새벽
모진 바람"과 "깨침"의 결과인 "소스라침 또는/긴장감"은
시련과 고통의 시간들을 상기시킨다. 그런데 이 과거의
경험은 세월의 흐름을 따라 퇴색되어 간다. 2연은 "회한"
과 "깨침"이 현재적 시점에서 "진정성"의 모습으로 변모
되고 있음을 보여준다. "진정성"이란 무엇일까? "그저 다
만 진정성/이라 할 것들"에서 보듯, 시인은 그 구체적 내
용에 대해서 말하지 않는다. 우리는 다만 3연에 나오는

"진정한 깨침"이라는 말에서 그 의미를 유추해 볼 수 있다. "진정성"은 "진정한 깨침"이다.

동어반복이라고 할 수 있을, 그래서 구체적 내용이 부족하다고도 할 수 있을, 이 문장은 그러나 두 가지 사실을 분명히 말하고 있다. 첫째, 참된 가치에 대한 각성과 삶의 실상에 대한 성찰인, "진정성" 혹은 "진정한 깨침"은 이미 얻어진 것이 아니라 지속적인 탐색의 과정 중에 있는 것이다. 3연의 "떠돈다/서성거린다 진정한 깨침은 어디 있느냐/진정한 깨침은 무엇이냐 자문하면서"가 이 점을 확인시킨다. 시인에게 있어 "진정한 깨침"은 실체로 규정되는 것이 아니라 방황 속에서 암중모색해야 할 영원한 가치이므로, 이것을 구체적 언어로 말하기 어렵다고 볼 수 있다. 둘째, 시인이 추구하는 시적 가치는 삶의 가치와 별개의 것이 아니다. 다시 말해, "진정한 깨침"은 예술적 언어 행위를 통해서 얻어지는 동시에 삶의 현장에서 체험적으로 획득되는 것이다. 시적 수사와 장치를 무시하고 사유와 관념을 토로하는 장영수의 무기교적 시의 어법은, 삶 속에서 추구하는 각성과 성찰을 가감 없이 시로 옮겨 놓으려는 의지의 산물이라고 볼 수 있다.

2연에서 "진정성"에 접근하는 시적 화자의 태도는 "비교적/조용히 가보고자 하는 마음"으로 표현되고 있다. 과거의 "회한"과 "깨침"이 동반하던 시련 및 고통과 비교하면, 세월의 흐름이 차분한 관조와 여유를 가져다주었다고

짐작할 수 있다. 그러나 이 관조와 여유도 과거에 대한 회한과 더불어 충돌하면서 갈등하고 소용돌이친다. "급기야 마침내는 대체로 텅텅"이라는 한 행 속에는 '순간의 긴장'과 '지속의 여유'가 한 자리에서 충돌하는 양상이 잠복해 있다. 앞에서 언급한 각성과 성찰 사이의 간격과 충돌은 시적 긴장과 느슨함이 동거하는 독특한 어법을 낳는다. 그리하여 3연의 "진정한 깨침"을 향한 방황도 "마지막 한 조각 섬광 같은/깨침"을 희망하면서, 동시에 "무엇도/아무것도 없어도 물론 괜찮으리라"는 유유자적의 태도를 보여주는 것이다. "섬광 같은/깨침"이 각성의 차원이라면, "아무것도 없어도 물론 괜찮으리라"는 여유와 관조의 태도로 전개되는 성찰의 차원이라고 볼 수 있을 것이다.

이제 장영수 최근 시의 특징에 근접하기 위해 '각성'과 '성찰'의 차원이 어떻게 형상화되는지 구체적으로 살펴보기로 하자.

먼 산—라벤더 향, 주변 길들—초콜릿,
자동차들—아이스크림, 행인들—무도회,
건물들—재스민 향, 흰 구름—박하 향,

첫사랑 시절엔 세상 입구가
동화책 쪽으로 나 있었을 수 있다
출구 또한 장난감 가게 놀이동산

쪽으로 나 있었을 수 있다
온몸을 흐르는 전류 같은 것들이
거기 있어 일순간에 온 세상을
환하게 비쳐보는 것만으로도
인생은 충분히 눈부셨다

그담부터가 진짜다
변치 않는 믿음 어설프지
않은 깨침 생명 원천 같은
신앙 같은 처음이며 끝인
그냥 쉽고 편한 것이 좋아서
가다가 당도하게 되는 완전한
온전한 사랑 진정성을 조용히
가득 채우며 지켜내며
간직하고자 하는 인생
　　　　—「첫사랑 찬미 학도에게 누가 말했다」 전문

　1연은 현실의 사물들을 동화적인 감각과 연결시킨다.
"초콜릿" "아이스크림" "무도회"는 동화 속 주인공을 둘러
싸고 배치되는 달콤하고 산뜻한 소품들이고, "라벤더 향"
"재스민 향" "박하 향"은 이 공간에 스며 있는 환상적인
향기이다. 2연은 이러한 "첫사랑 시절"의 현실 인식을 직
설적으로 서술한다. "온몸을 흐르는 전류 같은 것"은 한

순간 삶을 관통하는 눈부신 사랑의 환희를 암시하고 있다.
그러나 시인은 지속적인 '각성'과 '성찰'을 통해 진정성,
혹은 온전한 사랑의 정체를 탐구해나가는 듯이 보인다. 그
리하여 3연에서 "온전한 사랑 진정성"을 "변치 않는 믿
음" "어설프지/않은 깨침" "생명 원천 같은/신앙 같은 처
음이며 끝" 등의 수식어로 설명한다. 장영수가 추구하는
진정성의 정체는 성숙한 신앙과도 같은 영원한 사랑의 가
치이다.

그런데 이 본질적이고 근원적인 가치는 "그냥 쉽고 편
한 것이 좋아서/가다가 당도하게 되는"이나 "조용히/가득
채우며 지켜내며/간직하고자 하는 인생"에서 보듯, 초월
적 세계가 아니라 지극히 평범한 일상의 현실 속에 깊이
가라앉음으로써 얻어지는 것이다. 이것은 장영수가 추구
하는 "진정한 깨침"이 '순간적 각성'과 '지속적 성찰' 사이
의 간격을 충돌시키며 융합시키는 과정에서 획득되고 있
음을 의미한다. 일상성에 뿌리내린 진정성이라는, 장영수
특유의 각성과 성찰의 가치는 개인적 차원에 그치지 않고
사회적 차원으로 나아간다.

1)
광활한 삶 어디쯤
일말의 깨침, 그,
청량감이 반사시키는

금빛, 은빛, 초록빛,
붉은 빛, 어떤 느낌들,

진정, 숱한 마음들을
순순히 불러낼 깨침을
두고두고 가다듬음으로써
세상을 얼마쯤이라도
향기롭게 지혜롭게
적셔낼 수 있었으면,   ──「그가 말했다 5」 부분

2)
'신록의 시절에나 가랑잎의
시절에나 마음은 파수꾼 같은
나무들처럼 세상을 지킨다'

'식구들을 지킨다 세상을 지키는
파수꾼처럼 세상을 보듬는 언제나
한결같은 마음 살아서나 죽어서나'

[……]

'세상을 가꾸고 세상을 이어간다'

'세상의 바탕이 되어서 사는 것은
죽어서도 사는 것은 영생이며
기쁨이며 보람이며 깨침이었다'
　　　　——「누구네 마음들은 바스락거린다」 부분

　1)은 "광활한 삶"과 "일말의 깨침"이 선명한 대비를 이루는 가운데 깨침의 사회적 지향성을 제시한다. 넓고 막막한 현실의 삶 속에서 순간의 각성은 "금빛, 은빛, 초록빛,/붉은 빛, 어떤 느낌들"과 같은 "청량감"을 던져준다. 그런데 시인은 이 각성을 "두고두고 가다듬음으로써" "숱한 마음들을/순순히 불러"내고 "세상을 얼마쯤이라도/향기롭게 지혜롭게/적셔낼 수 있"기를 희망한다. 장영수가 지향하는 각성과 성찰은 순간의 깨침을 지속적인 반추와 점검으로 가다듬어서 세상을 향기롭고 지혜롭게 하는 사회적 차원으로 확대되는 것이다.

　2)는 사회적 각성과 성찰을 세상을 지키고 보듬고 가꾸고 이어가는 자세로 이해한다. 시인은 이러한 사회적 지향성을 "세상의 바탕이 되어서 사는 것"으로 생각하고, 이것을 "죽어서도 사는 것은 영생이며/기쁨이며 보람이며 깨침"이라는 종교적 차원의 가치로 이해한다. 여기서 우리는 개인적 각성이 사회적 각성을 경유하여 종교적 각성에까지 확장되는 과정을 확인하게 된다. 이처럼 '수평성' 및

'수직성'을 지향하는 장영수의 각성과 성찰은 다른 한편으로 일상성을 수락하는 '지속'의 차원으로 전개되기도 한다.

발가벗고 큰 나무 속으로
스며들고자 했더라도—그건
십중팔구는 근거가 모호한
감상이었을 것이다—이내 날
저물면 집 생각 날 것이겠고
누구 생각도 날 것이겠으므로—

'도통'이란 쉬운 것이 아니므로—
가급적 여럿이 함께 나눌 무엇
이라면 비로소 더 좋은 도통일
것이므로 누구도 누구만큼은
사리 분별 있는 법이므로—

태양이 있고 달이 있고 나무도
있고 풀도 있고 염소도 있고
저기 멀리 별들도 있는데 누가
발가벗고 저 별 속으로 스며들고
싶었을 수도 있다 졸음을 막을 길
없을 땐 우선은 잠을 자는 것이 좋다—

—「수행자가 말했다」 전문

시적 화자는 "발가벗고 큰 나무 속으로/스며들고자"하는 욕망을 "근거가 모호한/감상"이라고 생각한다. 흔히 수행자들은 "도통"을 추구하지만, 개인적 각성을 넘어 사회적 각성으로 나아가는 것이 "더 좋은 도통"이기 때문이다. 그런데 3연에서 "누가/발가벗고 저 별 속으로 스며들고/싶었을 수도 있다"라는 "도통"의 욕망을 언급한 후, "졸음을 막을 길/없을 땐 우선은 잠을 자는 것이 좋다"라는 문장으로 마무리하는 것은 무엇을 의미하는가? 시인은 거창하고 위대한 깨달음의 차원을 위선으로 간주하며, 개인적 '도통'을 넘어 사회적 '도통'으로 나아가는 과정으로서 일상성의 원리를 긍정하는 것이다. 일상성의 원리는 2연의 "누구도 누구만큼은/사리 분별 있는 법"이라는 표현도 암시된다. 시인은 평범한 사람에게 통용되는 상식적 사유가 각성과 성찰의 기본 토대라고 본다. "완전한/온전한 사랑 진정성"은 "그냥 쉽고 편한 것이 좋아서/가다가 당도하게 되는"(「첫사랑 찬미 학도에게 누가 말했다」) 가치인 것이다.

지금까지 장영수가 추구하는 각성과 성찰의 사회적 차원과 종교적 차원, 그리고 일상적 차원을 살펴보았다. 시인은 일상적 삶의 평범한 이치에서 출발하여 각성과 성찰을 거듭 반복하면서 사회적, 종교적 차원의 이치에까지 도달하려 한다. 그런데 이 과정에서 시인은 일상성의 토대를 일시에 무너뜨리는 소멸과 몰락을 통해서도 각성과 성찰의 계기를 찾는다. 장영수의 시에서 사회적 각성과 종교적 각성을 각각 '수평성'과 '수직성'의 구도로 이해한다면, 일상성의 수락과 몰락의 양상은 각각 '지속'과 '하강'의 구도로 이해할 수 있을지도 모른다.

가을비에 젖은 가랑잎들
힘을 쓸 리가 없다! 제대로
굴러다닐 리가 없다!

비바람 몰아치니 공황 상태의
나뭇잎들은 그저 우수수 져 내린다!

〔……〕

한여름 대단했다던 오기들마저
통째로 낡거나 녹슬어버린 듯!
방대한 단풍잎 국가들은
단 하룻밤 큰 비바람에 궤멸
되었다! 초토화되었다!

이 무렵 세상엔 흔히 그런 궤멸 사건조차
실감치 못하는 마비 증세까지 생겨났다 하니!

그간에 돈으로 목숨을 부지하고 연명하는
모든 일들이 너무들 힘에 겨웠던 모양이구나!

여하튼 나름대로 단풍잎들로선 그동안
세상을 향해 부끄러움에 대한 공부 하나는
꽤나 단단히 시킨 셈이라 할 것이다!
　　　　　——「누가 어떤 궤멸에 대해 말했다」 부분

　시적 화자는 가을비에 젖은 가랑잎이 일시에 떨어지는
장면을 보면서 어떤 각성에 이른다. "한여름 대단했다던
오기"가 "통째로 낡거나 녹슬어 버"리는 "궤멸"과 "초토
화"는 그것을 실감치 못하는 세상의 마비 증세를 질타한
다. "궤멸"은 시인으로 하여금 "세상을 향해 부끄러움에
대한 공부"를 가능케 하는 것이다. 이처럼 그 자체로 '소
멸'과 '죽음'을 내포하는 일순간의 '몰락'은 각성의 계기를
부여한다.

　청춘은 힘겨운 녹음의 시절이었으며

　험한 노동 노역 앞에 던져져 있었으며

　흔히 좋은 소리도 제대로 듣지 못했으며

청춘은 그러므로 진흙탕 한가운데 있었으며

감상적 감정적 토로는 각자 자유였으나

깨침은 더 많은 노고를 요하는 것이었으며

띄엄띄엄 깨침이 없었던 건 아니었지만

깨침은 길에서 제값을 받는다거나 어디에

가서 힘을 쓰는 물건도 아니었지만 그래도

청춘은 흔히 한 생애를 온갖 깨침들로 채운

연후에 떠나도 떠나고 싶다고 했다

어쩌다 불시에 홀연히 떠나더라도 달리

어떤 여한쯤을 남기고 싶진 않다고도 했다
—「낙엽 속에 청춘이 말했다」 전문

시적 화자는 "청춘"의 "힘겨운 녹음의 시절"을 회상한
다. 그 시절은 "험한 노동"과 "진흙탕" 속에 놓인 삶이었

으며, "좋은 소리도 제대로 듣지 못"하는 가운데 "더 많은 노고를 요하는" "깨침"을 추구해온 과정이었다. 화자에게 있어 "청춘"의 바램은 "한 생애를 온갖 깨침들로 채"우고 "떠나"는 것이었지만, "어쩌다 불시에 홀연히 떠나더라도" 여한을 남기고 싶지 않다고 말한다. "불시에 홀연히 떠나"는 것은 '소멸', 혹은 '죽음'을 의식하는 것인데, 이러한 몰락의 사유는 일견 소극적 절망의 세계인식을 연상시키기도 한다. 그러나 장영수 시에 있어서 소멸과 몰락의 의식은 일상적 삶의 '지속'과 '평이함'을 깨뜨리는 각성의 순간을 함축하고 있다. 몰락하는 순간의 소멸은 시인이 견지해온 각성과 성찰의 정신이 일상성에 대한 수락으로 내려앉을 때, 다시 번개의 섬광과도 같은 각성의 정신을 촉구하는 차원에서 생성되는 것이다. 따라서 '몰락'의 '하강'은 수직적 '상승'과 긴밀히 내통하고 있다.

장영수의 이번 시집은 총체성을 향한 진정한 깨침과 일상성을 수락하는 평상심, 사회적 종교적 각성과 몰락의 정신, 수직성과 수평성, 상승과 하강 사이의 간격이 맞부딪히면서 불꽃을 일으킨다. 앞서 언급한 순간의 각성과 지속의 성찰 사이의 간격은 이러한 여러 겹의 간격과 충돌을 그 내부에 함축하고 있는 것이다. 각성과 성찰 사이의 충돌로 인한 불꽃은 다음 시에서 숨 막히는 향기로 형상화된다.

어찌하여 해당화는 까다롭고
짜디짠 모래밭에조차 뿌리를
내리는가 신비스런 그 강인함은
어디서 오는 것인가

서슬 푸른, 날카롭고 완강한 가시,
가시들로 무장된 줄기들을 에워
싸는 잎들, 누군가가 꽤 오랫동안
벼려냈을 것만 같은 잎, 잎들, 사이,
사이, 새빨간, 새빨간 꽃잎들

그, 한 그루 한 그루에 맺히고
서린 푸른 하늘, 푸른 바다,
서늘한 바람, 무더운 바람,
세찬 모래 바람, 매운 모래 바람……

그, 숨 막힐 듯이 깊어만 가는
그 향기……   ──「바닷가 모래밭의 해당화」 전문

해당화는 짠 모래밭에 뿌리를 내린다. 해당화에는 "푸
른 하늘, 푸른 바다"과 "서늘한 바람, 무더운 바람, 세찬/
모래 바람"이 맺히고 서려 있다. 이 모든 것을 감내하고
이겨낼 때 "새빨간 꽃잎"이 피어난다. 시인은 이로부터

"신비스런 강인함"을 발견한다. 이 모든 세상의 아름다움과 풍파를 온몸으로 받아들이고 그것을 완강한 의지로 감당해 나갈 때, 비로소 "새빨간 꽃잎"이 피어나고 "깊은 숨결"을 토해내는 것이다. 이 "숨 막히는 듯한" "향기"는 총체성과 일상성, 진정한 깨침과 평상심, 상승의 정신과 몰락의 정신, 사회적 종교적 각성과 개인적 각성이 충돌하면서 일으키는 불꽃의 향기이다. 2연과 3연에 거듭 찍혀 있는 쉼표는 이 불꽃의 향기가 발생시키는 시적 긴장과 결의의 징표라고 볼 수 있을 것이다. 겨울 찬바람 속에서도 "양지바른 벼랑 쪽"에는 "샛노란 산국화"의 "묵향보다/깊은 향!"과, "연보랏빛 쑥부쟁이"의 "눈부신 맑디맑은 향!"(「누가 어떤 생존에 대해 말했다」)이 피어난다. 이 향기처럼 장영수의 시가 세상의 풍파를 견디며 더 깊어지고 맑아지기를 기대한다. ▨